金色的平原上星辰闪烁

梦里的清泉缓缓流淌

云端之城匿于原野上空

天空是一片倒影

我是飞翔的昙花

刘子恺现代诗集

云端之城的过客

刘子恺 —— 著

云南出版集团
云南美术出版社

图书在版编目（CIP）数据

云端之城的过客 / 刘子恺著. —— 昆明 : 云南美术
出版社, 2021.9
ISBN 978-7-5489-4652-6

Ⅰ.①云… Ⅱ.①刘… Ⅲ.①诗集 – 中国 – 当代
Ⅳ.① I227

中国版本图书馆CIP数据核字（2021）第193820号

出 版 人：李　维　　刘大伟

责任编辑：台　文
责任校对：陈铭阳

云端之城的过客
刘子恺　著

出版发行　云南出版集团
　　　　　云南美术出版社
　　　　　（昆明市环城西路 609 号）
制版印刷　昆明美林彩印包装有限公司
开　　本　787mm×1092mm　1/16
字　　数　15 千
印　　张　6.5
版　　次　2021 年 9 月第 1 版
印　　次　2021 年 10 月第 1 次印刷
印　　数　1~2000
ISBN 978-7-5489-4652-6
定　　价　36.00 元

写在前面的话
序子恺诗歌集《云端之城的过客》

段　锡

　　刘子恺，字灼恒，生于 2002 年，现就读于山东科技大学，还不满 20 岁，却已在《青年文学家》《鸭绿江》《参花》《散文百家》等全国诸多刊物上发表了诗作，不能不令人感到惊讶与钦佩。依年龄讲，子恺不过刚刚及冠，无论是在艺术或是人生旅途中，仍然有相当长的一段路需要走，自然，此时也不必以青年"作家""诗人""艺术家"等浮于表面的所谓荣誉称谓来自居，他自谦而低调，在这点上，我们看法基本统一。相较于对名利的渴求追逐，对文学的探索应该是更深层、更重要的，于是作此序，一为勉励，二为提醒。

　　诗歌艺术是在现实基础上由想象构造而成的，反映到文学上，尤其是现代诗歌，这种特征更为明显。子恺的诗歌，是幻想借由文字躯体的重生，是具象与抽象的融合嬗变，所以下笔时往往着于梦和幻想，但实际上，幻想又是从现实中孕育的，故此，诗歌又被赋予了现实意义。

　　这本《云端之城的过客》选收了刘子恺近作 44 首，从这有些天马行空的题目也不难看出，这是一本充满了童真与稚气、理想与幻想相融的充满斑斓色彩的书。翻开书，就像走进一个缤纷的花园，一个个色彩迥异的梦就生长在这里，等待人们去采撷。从古至今，梦和幻想都是诗人永恒探索的主题，但无论再怎样充满幻想色彩，甚至荒诞的描述，文学仍然是基于现实的物质基础才产生的，我们所想象的美好也罢，痛苦也罢，都或多或少与现实重叠交融。所以，与其说是沉迷于梦和幻想，倒不如说是希望从中探索一些道理，获得一些慰藉。

现在正是中国现代诗歌的低潮期，但总得有人坚持去创作，去继承，去发展。我并不奢望子恺能成为未来的开拓者或是什么先驱，但中国的现代诗歌总是需要人来继承，有多大的能耐，出多大的力气，要更多地尽一份责任。子恺是个有理想、有抱负的青年，我想他会做到问心无愧，在默默中去求索。

此时正值万紫千红、百花斗艳的季节，那芬芳毛茸的三叶草花，甜蜜金黄的山芥花，亭亭玉立的吊钟花，略带红晕茸毛的车前草花……多不胜数，那红的、黄的、蓝的、白的各种色彩竞艳纷繁，无论哪种，却都是花中的一员，既扮靓自己，又取悦别人。新芽总会破土，小树总会繁枝，子恺还年轻，在他的前面铺满了一片金黄，望他在出版诗集《云端之城的过客》之后，总结前行，继续努力，有更多、更美、更好的诗歌涌现！

2021 年 7 月于春城

目　录

云端之城的过客

你路过一千个梦乡

孩子是星星和乐园，我们是泥炉与风雪

梦幻是孤独的开端，沉溺的原点、隐秘之兽

当我接受孤独，那时就拥抱了梦

所以始终眷恋那云端之城，在地平线的尽头

落叶和挽歌凋零的圣所、太阳与旧梦的归宿

白云筑城随风而行，夏饮雨露冬啜霜雪

万米云端之上没有彩虹，不用欺骗

在最靠近太阳的城市，每天都是一场无言祷告来

寄托夏夜呓语。失却的过往不过是尘埃

贝壳用岁月将它们改写成珍珠。所谓苦痛的回忆

终究不过，时光的故人

生活偷走了我的期待所以，远方

田野已成为真诚的欺骗

我拒绝就这样走进坟墓

奶奶在阳台种下一株昙花

借我一双翅膀来，飞往云端

五十年过去，昙花都老了终于，相遇云端之城

那时我学会用白发掩饰，故去的遗憾因为我知道

和梦之间的距离，是最远也是最近

我不知道珍贵的是时间还是，时间中我们所失去的

但雨水恰恰是清醒于是

昙花的翅膀渐渐凋谢，暮年的旅人将要结束

一次长达终生的旅行

破碎的微光抽离一夜寂寥

不再有东风陪我远行

我

坠落云端

作于二零二零年十二月冬夜

胡杨的三个愿望

我生在沙边，他们都叫我胡杨

一棵懵懂的树，或许。

沙漠是时间的灰烬，铭刻着所有记忆

我扎根的沙漠没有水分

只能从历史中汲取养料

我是一棵胡杨，长在荒漠中

没有烦恼，无忧无虑

从心里看

每个人看到的天空，各不相同

我的天空时而呈现灰色

时而变成蔚蓝

即使那里有飞鸟飞过

我也终不得而知

我是一棵胡杨，长在灰烬里

纵使孤独，依然执着

我失去了绿叶，反而活的快乐

所谓枷锁不过是，挑战沙漠的束缚

是的，我就是这样的树，我就是胡杨

那春天走了，我要从沙粒的缝隙间找寻水分

挣扎着，活下去

我向往绿洲里的清泉虫鸟

现实却是广袤荒漠的藩篱

秃鹫死在夕阳里

梦里的戈壁滩染红明日

沙漠的日子是荒凉的轮回

现实沉默于单调

真相溺毙于谎言

沙漠里的胡杨我

没有嘴巴

于是忍受灼肤之痛

人们讥讽我

沙中之木，枯燥干瘪

死板无趣，麻木愚钝

只是他们不知道

沙漠中容不下梦想之泉

所谓空洞和死寂是我不言的真实

沙漠湮灭了诗意的魂灵

所以

我向或有的神许下三个愿望

第一个愿望许在春天

在雨水顺着枝干流入心房的日子

倘若造物主叫我言语

我必将痛斥这荒漠

我要伸展所有根茎与枝叶

用尽我的血液

让胡杨长在沙漠每个角落

第二个愿望许在黄昏

死寂笼罩戈壁之前

我托起一弯月把

枝桠

伸到月宫

学一学桂树的坚韧让我也

生生不息，屹立在岁月中

第三个愿望

送给大漠里迷路的人

当陷入迷途，应有胡杨为其指引

应予他们前行，走出沙漠

胡杨没有梦想

但我愿人们

看到一棵坚韧的树

便想起自己的梦想

可是世上没有人实现

一棵胡杨的愿望

于是我抽干自己的血液

让胡杨遍布大漠

在机器的轰隆声中

不复勇往

我死去后

树叶会随风飘扬

散落荒漠

如果你在沙漠中迷途

就请你轻轻呼唤胡杨

后来我来到毛乌素

他的叶在风中默默招手

我看到护林员静静躺在树下

黄沙的衣服盖在他身上

像一棵胡杨

作于二零二一年三月沙尘暴中

昙花雨

昙花说她是一朵孤独的花

正巧，我是一个孤独的人

也许在魂灵深处，我

渴望一朵花，一朵昙花

于是在某个春天，我们相遇

昙花说还没来及知道雨的滋味，在她

短暂美丽中，凝固刹那

很快，她又回到了春天，梦里的风

肆意轻抚，像孤独的魂灵

对心底坚守的温柔，宣泄

当花瓣一片一片，迷失在夏夜里

我就握住你的双手

轻声告诉你

你的名字注定闪耀，在心的田野

天上忽然下起雨，带着迷离的幽香

一滴滴，一瓣瓣

昙花的雨，无声

后来，我会打一把倒着的伞

夏天的雨温热奔放，秋天的雨寂寥惆怅

冬天的雨沉默悲情，春天的雨柔软和润

我想把它们送给你

当雨伞填满四季的泪水

昙花就开遍了心房

作于二零二一年二月末

致卡洛琳

她跪倒在荒野

晨间的风

祷告大西洋的温和于是

黄昏给她一只海豚

带着梦远航

从翡冷翠到瑟伯切尔

大海是梦境的沉默

用雨水遮掩生活

苦难和烦躁

你是精灵，是少女

你喜欢巴洛克风格的繁冗精致

你喜欢林边破旧的木屋酒馆

你喜欢孟春，雨后的风

你喜欢仲夏，深夜篝火

你喜欢季秋，酒酿陈香

你讨厌冬天因为

雪是海的哭泣

人，是阳光和阴影的交织

你是优雅而恬静

一株梦叶草

你是热情而火热

玫瑰花一捧

你是奎尔萨拉斯的明珠

你是黎明衔住梦境的末尾

你是山中奔跑的小鹿

海豚游啊游

月亮拉长夜晚

你奔跑在梦境的彩虹

作于二零二零年八月二十六日晚

太阳和航海罗盘

在青岛西海岸

前湾港的沙滩

老人和少女坐在金色藤椅

绝不会生锈

老人眷恋海上日出

少女偏爱日暮映海

如果斜坐着那

身影交织成斑驳

少女眼中深沉忧郁

老人眼中澄澈明亮

于是在黑暗

虔诚地期待黎明

东半球的日出知道

西半球，故作的成熟

西半球的暮日不理解

东半球，时光里的信念

如果春天将至

日子渐渐变长

我就去找一条船，带着散落的贝壳要

划到时光的对岸

在航行的途中

琴弦会悄悄抚平我的皱纹，心底的

许多年前我曾幻想自己

是希腊的洛卡，他有美妙的琴艺

许多年后我驾着船

行过无尽之海要

来到你身边

我的伊蓝

作于二零二零年九月下旬

穿越沙漠的旅行

我决心不再拥抱谎言，从麻木中救赎于是

发誓要成为诗人。所以动身去旅行

不需要目的地而，纯粹的找寻

就像岔路口掷出硬币来，决定二分之一

日与夜不过是旅途中一匹马，交织着穿梭

无论有没有太阳

我醒来时，就是白天

骑上马，逃离黄昏古城

古老的鸣钟，青铜的遗产

穿过九片沙漠，才找到绿洲

那两千年已过，楼兰辉煌变成戈壁滩的呜咽

我曾相信海市蜃楼是，平行的时间，一块镜子

然而我又担忧幻想，破灭后是否可口

如果戈壁之沙要泯灭诗意的魂灵，那就种下白杨

让苦痛的心，梦想着飞翔

马长出翅膀，经过夏天的森林

点点星光是，萤火虫的自由

于是在树下斟两杯酒

一杯敬萤火虫，一杯慰己

一杯嘲讽孤独，向往自由

一杯惦记苦难、利欲和自欺欺人

闭上眼听，风是玫瑰花香

只要梦境足够荒诞，就可以永远昏昏欲睡

如有可能，请褪去一切虚伪的饰物和

隐喻中的隐喻。月亮升起来时

我还会想起，云和半边星光于是

放飞一个夜晚，把梦境融进星空

明天醒来，在马背上

作于二零二零年十一月中旬

笔架山路

渐凉的秋意徐旋在

繁星辉映下

笔架山

折下枫叶，飘零

送归鸥鹭，别离

为哪里的学校和

孟秋的第一夜清梦

染上凄美的昏黄还有

山路上

泛金的银杏

山路上的风息温驯

可山路上的星星并不言语

只是缄默

云层若是裹不住雨且

让雨翻涌

如果烦恼缠绕你且

凝望笔架山上的风

让它陪你超然遨游

长久地宽慰包容

你短暂的率性

黄岛

没有暖冬你

也不必撰写

琳琅满目的答案

或许生活是一场

无声幽寂的奔袭

你只要循着路走下去

走下去

作于二零二零年九月初

菲尼克斯

林中有路，交叉错杂

最后却通向大海

一眼孤独

海鸥曾在风中呢喃

一千年里一千个春秋

一千艘沉船与一千个家庭

一千只海鸥一千道影

一千座岛屿一千次洋流

埋藏宝藏与荣光

跨越海中分明的线条

放逐波浪与泡沫

从今天

重新构造，一艘船

千年前的风会

吹过我的帆

深邃的海洋

承载无尽幻想

未知的面纱笼罩下

总是令人向往

崩塌的信仰，麻木的羔羊

古老的辉煌，执着

时间把历史

浓缩成一座城市

或一道桥

过桥之人，也就成了桥本身

如果给海鸥一次选择

他说

那就在黑夜里烧尽自己

义无反顾冲上天空

这样

地上的人们

将歌颂他的光

驱逐黑夜

作于二零二零年十二月上旬

柳和薰衣草

假如春天真的来临
压抑在严冬的呐喊
就变成我的枝丫上
热诚的嫩叶
这时候，风就暖了
从遥远的清晨外
为我带来五月的呼唤和
田野的歌声还有
一粒薰衣草的种子

薰衣草住进我身旁的泥土里
我想，至少在某一个思想和
某一个时刻我们
是相同的
我看着她，她望向我
她有一双明亮的眼眸
纯真而洁净
就像初春融化的积雪
一点点流进往年干涸的湖泊
带去心的抚慰和宁静

薰衣草在风吹日晒中

渐渐挺起腰来

我的守候就化作

一个六月

薰衣草有好看的紫色长发

在黄昏，太阳的余晖里

点点闪耀好像

万色的星辰

如果我能散播出所有柳絮

就让它们飞到城市的每个角落

飞到学校和书籍里

飞到月亮和群星上

飞到黄昏和黎明去

让我找到所有的美好

来与你相衬

你是我一无所有的现实里

拒绝与孤独相拥的温存

但是我知道，正如

云是天空的游子

留而不得

你是昨天的黄昏

残存回忆

在意志表象中拥抱的我们

春天只是梦里的依偎和流浪

一棵柳树在冬天

每一个抉择

是否真的有选择

薰衣草，薰衣草

你是梦中的女神

光中的蝴蝶

万色的星辰

薰衣草，薰衣草

你是彩色的泡沫

黑暗中转瞬消逝的光芒

一棵柳树的梦

作于二零二一年植树节

给我一年

如果给我一年

自由的时间那

就去做沙漠里的渔夫

或者

坐着热气球

穿越西伯利亚

春天，种下一首诗

在阳光洒落的地板缝隙里

图书馆书架下的阴影中

用一个又一个梦境的魔法

编织成篱笆

秋天，用你的名字酿成两杯酒

夜色勾起涟漪和

夏日的漫谈

回忆，是空旷深邃的

桃花源

穿过山的裂口

也就无所谓年月

冬天，善待每一片雪花

敕封他们为，我的臣民

我是雪国之主，冰冷与严寒的化身

于是又一次，暂离孤独

当诗人用尽了

意象、修辞、感情

终于发现

一年的梦境

其实不过刹那

天空是沉睡的梦境

我是飞翔于天空之人

作于二零二零年十月二十四日夜

黄昏，云霞和羽翼

明天，迫不及待地飞翔于是

今天，裁下黄昏的云霞

做成羽翼

等待星星和午夜

等待曙光和黎明

人们称呼我"疯子"但

我一直坚信

生活，是个伟大的骗局

浮于表象的世界是

无法醒来的梦境所以

我要飞翔

黄昏的晚霞

超越了隔阂

于是解开时光的谜语

飞向另一条河要

问一问叔本华

如何理解意志和

一个孤独的人

然后去希腊

偷偷换掉

苏格拉底的酒

最后我要去春秋战国

见证六国统一

等羽翼带着我回家

就去买一个

天文望远镜

向不可名状的无尽星辰

借一双眼睛能

洞察永恒然后

把我埋在太平洋下

旧日的城池

等待梦境醒来那一天

我就亲自揭开

骗局

作于二零二一年一月初

赠木棉

谨以此致敬《致橡树》

我如果爱你

绝不像妖艳的木槿花

歆羡你自然的绛红；

我如果爱你

绝不学碌碌的蜜蜂

为你的花枯燥歌颂；

也不止像东风

飘拂过春天的铃声；

也不止像梅雨

滋润你的根须，彰显你的坚韧

甚至溪流

甚至星辉

不，这些都还不够！

我必须是你近旁的一株橡树

陪伴你度过每一个寂寥的夜

根，交织于深渊

叶，相拥于天穹

秋风萧瑟

我们相视而笑

落叶的挽歌飞向西垂

凋零在

重生在

太阳与故梦消逝的尽头

长久以前你在冬夜，

幻想过今天一树花火

你说，一月萌芽

二月生长

三月绽放

你说，木棉花开冬不复来

你说，木棉花开花明春媚

而我

有你的哪一天都是春天

我们共甘晨曦、朔风、秋霞

我们承载晓寒、春雨、明月

恍若荷塘莲蓬萤火微虫

终身相依

这是伟大的爱情

忠贞就在这里：

爱——

春夏秋冬流年经过的晨起暮落

当你回首

有一株橡树巍然矗立

作于二零一九年孟夏

梦上尘

如果从秋天开始书写

我要这样的笔：

它的笔尖用无尽夜与日，

古老的星辰铸造让

那故事沉重到凝固一切

它的笔杆用极地的海，

北方的云，春秋的和氏璧和

你的发丝

让我握住那笔就不再放下

尽情描绘我们的故事

最后

它的尾翼一定是轻盈的

是赤道的雪花春天的湖泊

至于笔帽

谁会在乎一支永不褪色的笔

是否停息？

拾起梦上的尘埃来

充盈一双眼睛

那是你

这样

当握住那支笔

就好像握住了时间的丝线

假借无穷的生命我

也愿意去写一个故事

关于你我

或是人们那，各自珍重的回忆与情感

但在过去、现在和未来平行交织的网

就像死去的贡扎古

终于没有这支笔

作于二零二零年元旦

画中画

如果能在春天画画那
我绝不会将就冬天

枯萎的花瓣长在我心里
海棠尚未褪色的红
带着刚刚死去的稚嫩
极地的冰盖融化在二十年里
于是再也找不到
纯净的心

后悔，是对自己选择的怀疑
遗憾，是或有选择的错失
在死亡进行时
你怀着遗憾离去
却不后悔
呈现在画布上是完美的和谐
死后
你来到世界尽头，时光之末
枯萎的海棠旁站着
作家，画家，音乐家

和一副空棺

这里不再有日月星辰、山川草木

一切明喻暗喻抽象到失真

反复的赘述和使用

或者是无真可失

有人欣喜，有人哀叹

赫拉克利特问

这是哪？

画家只能画出自己满意的画

画家只能画出自己不满的画

哪一个才是更残酷的惩戒

掌灯之人彻夜提灯

反倒忘记深究

画布上的轮廓已经勾勒

调色板和笔在雀跃

所谓颜料不过是

感情，灵感，和我的血

现在，一幅画就要完成！

这将是我伟大的作品

太美了，就叫你

《诗人之死》

作于二零二零年元旦

影下弧

走在太阳下人们

对我说

你的影子是孤独的但

影子

只觉得我是孤独的

回到黑暗里才发现

这影子，原来就是我

离群索居不过是

思想的独立

又或者，怀着对人群生活的

一种期待

坚守热爱

不可名状的情愫

深埋心底

也不愿揭晓伤疤

如何造成的孤独

不为人知

所谓梦想不过是

世界的缩影

一场闹剧

空洞对话

苍白修饰

重复论述

同样的深夜不知

睡去，偶遇谁的梦

痛楚划出

一个弧转过

名为梦境的遥远国度

现实补全

半个圆

影子被阳光分割

碎裂成钢琴上

黑白音符

我们无法从影子里

真正醒来

作于二零二零年元旦

雪停了

雪停了

我这就去死

陪葬因犹豫而未能表达的爱

来保持

心脏纯洁

黑色棺木是我亲自挑选

雪融化在里面

变成灰色的云和菲尼克斯

原来不是云朵善变

而是云随心动

成为一个借口

拥簇我的幻想

黑夜夺走我的梦

填进一分失意九分痛苦

一分失意为你

九分痛苦自留

它自认高明却不过是

还原了真实

于是黑夜里

梦和雪连在一起
为雪敲开窗

死前的终末时刻
我试着回想
斑斓记忆如水
从那一刻，你的面前流逝
下次再见就是
雨，雪，冰雹
今天雪，断断续续
像说不尽的心思絮叨
忽然又想起
曾和你看雪的日子

九点到十点雪
下了一小时
十一点到十二点雪
又下了一小时
小雪人在阳光里
流泪
原来我只
短暂活了两小时

作于二零二零年末初雪

玫瑰心事

我决计不讴歌

一朵玫瑰

那花园中的美人

在我所见

清静幽谧的晨雾

和未所见

花香的晚风，黄昏中

醉人的舞

于是她要呼唤太阳

要那光长久地

保留容颜，独属的

人们迷恋她

她的热切奔放

她的艳丽明媚

似乎谁

都可以爱恋倾慕她

可我怕附着其上的刺

便只好远望

不知道她

会不会偷偷哭泣，在黄昏遮掩里

在晨间的祷告

会不会与人分享

太阳，每次升起的不同

也许还有雨的呢喃

风的私语，记忆中的月亮

和我未可知的那些

玫瑰心事

作于二零二零年十月末

那些星辰

那些星辰早已消逝在

西风的尽头和太阳的余晖

旧梦，吹散在其中

我站在下一片

初生的土地

飞云冉冉，沧浪阔野

眺望

远远地

在那之上的无尽深邃蔚蓝

在暮色

晚霞和着率性的恣意的

季夏之风轻声歌唱

夕阳回应着呼唤

转身你带去

最后一缕晚霞

只余黄昏

太阳的灼光在你的发梢

摇曳

摇曳

最后的明亮化作

一抔黄土，融进无垠大地

从那里升腾

夏夜的篝火明亮上升

篝火旁

有美酒和也许

会寄寓其中的诗意

旋转的时针溯回把

倒置的青铜酒杯，重新充盈来

掩饰空洞与伪善

和那些浮于表面的

高声呐喊的你说

内心空洞便选择

粉黛装饰外表以此

填充自己的虚荣

我看见

太阳从那里升起

我听见

书本重新拾起的声音

我遇见

一位诗人

凝结闪耀的

稚嫩的梦回荡

启明的晨曦

那些星辰闪烁

作于二零二零年十月中旬

孤和傲

莫名的情愫从

树荫下的影子里

拉长黄昏

晚霞将死而日暮

是闭环的圆中

结束的一笔

只是又转换色调

要覆盖过往

她——太阳

悄悄问

究竟是，孤独导致傲然

还是，傲然催生孤独？

我摇摇头将给出

非答之答

太阳，伟大的光辉

假使你千百年来

一直注视着这土地

那便去问屈正则并且

回答《天问》

如有可能

请把从那时吹起的

风藏进回答

我不知道，悬崖上的松柏

是否注定被孤独和傲然定义

还是他被扭曲的黑色生命在

寻找宽慰和救赎

我也不知道，不知晓傲然的白鲸艾丽丝

自言自语是否让她觉得孤独

所以，请太阳，回答

作于二零二零年十月中旬

人鱼之梦

我看见海鸥划过深邃天空

海崖上谁在吟唱挽歌

从黄昏直到黎明

从潮起直到潮落

暮色渐临，海风依旧

只是不见故人

小人鱼抱紧自己幻梦

溺死在黑色的深海里

没有流星划过的天空

每一个重复的日夜

我在海崖上独自等待

不归乡的英雄

守望海浪的尽头

太阳和旧梦的终点

和你告别的那一天

泪水汇入洋流漂荡

挽歌散进海风吹拂

可洋流漂不到陆地

海风吹不尽荒野

我的心是梦的臆想
被束缚在黑色的深海

黎明啊，请你倒退
海浪啊，请你翻涌
晚风啊，请你徐旋
让我吹响海螺
奏唱永恒的誓言

梦是春末的花蕾
来不及绽放就凋落
梦是仲夏夜的星辉
绚丽却遥远到绝望
梦是秋天飞走的海鸥
渐行渐远，杳无音讯
梦是晚冬融化的雪人
脆弱而又强颜欢笑
黑色的深海没有斑斓的幻想
可我的心里装满了梦
沉睡在一片海崖上
暮色渐临，海风依旧
只是不见故人

作于二零二零年九月下旬

春蚕

我和春蚕之间

距离很小，也很大

小，是一间教室，拥挤的十米

大，是一千日与夜，时光的镌刻

但此刻

对春蚕

所有的感恩

都成了后知后觉

年少总有轻狂和

幼稚心绪

所以无法否认它也

无法改写

发生在过去的故事

如有可能请

给我一支笔

这样

就可以用文字来填补

迟到的答谢

感谢你

编织我，梦的深处

春蚕

感谢你

让我坚持，旧日幻想

春蚕

感谢你

在至黑的深邃夜晚

唤醒晨光

岁月，岁月

总是把过往

那些缄默和

未曾说出的话变成

此刻的愁绪

如果再一次

倒置时间那

我就去说一句

谢谢你

最后的最后请

原谅我

作于二零二零年教师节

两座图书馆的呼唤

倘若去二十世纪的

布宜诺斯艾利斯

那里有奥布树

沿着道路两旁把

蓬大的树冠展开

撑起好看的夏天虽然

一年中没有冬天

拉普拉塔河南岸

早已不见了古老的教堂

和木质的雕像

少女玛利亚

出城左转是

花园小径交叉却

没有花朵

进城右转是

布宜诺斯艾利斯图书馆

而你坐在红木桌上

端着葡萄酒杯像

你诗里写的

下次相遇从

二零二零年折下

春天的，一抹红色

在母校那消失在春天的

牡丹园

那未曾见过的花园

变成建造中的，山科图书馆

如果时间可以

走上另一条岔路

就给那花园修上小径，交叉的

那时便站在

预想中七十米高的图书馆

中层会有落地窗能

俯瞰红色的牡丹园

有深沉色泽的小径

背后书架上摆你的书

在第一层

山科里没有奥布树和花园

只有未成之城

来自百年前的风穿过

响起呼唤，现在

作于二零二零年九月中旬

游子的湖和春天的星

梦想和理想的区别在于

梦想是因指引而存在

理想是因存在而指引

仲夏夜，我们在草地

啤酒，烧烤，吉他和萤火虫

星空下畅谈的是梦想

冬天，被寒风吹的脸庞

通红的双手和祈祷

奔波的那些，是理想

如果在夏天你

给我一把吉他就

不停息地唱上一夜但

在这冬雨里

只有偶然酒精的麻醉

短暂救赎，压力，焦虑

于是眼镜在

暖气的温度里氤氲了雾气

看不清楚春天的样子就

茫然的追逐

也不会后悔

午夜的星辰和南方的玫瑰都

愿意陪伴，在冬天的路上

就热切地走在寒冬中

层层叠嶂的路尽头是

烧烤摊，摆着冰扎啤，如初

如果可以，请让我在理想的路途

看看家乡和那些过往的回忆

隆冬的砚湖翻涌着

心事而不愿和

冰共同凝结

星辰不知世事仿佛还

在夏天唱着歌

种满花草的

庭院宽敞可

放不下的是密州春色

和无可寄托的

游子乡思

如有可能请

采下一株梦夜草

让它在遥远的幻境

伴我入眠和

密州风物，

五月的马耳山和六月青萝卜

交映着苍翠

常山大殿庄严的塑像和

棕褐色的板栗

不愿醒来的梦里还有

木圆桌上的晚餐和

习惯性等我回家的亲人

在冬天，日落的更早

黑夜更长于是家人

恍惚中等待的时间就更长

请把多出的

一副碗筷收起

因为

椅子空缺的一张也是

我的思念

作于二零二零年十二月末

高速路旁的村庄

小镇百尺河

生长在高速路旁

土坯和水泥的矮房院墙

高耸的烟囱，工厂

错位的感官是

揉碎的时间

割裂的芳华

一段惆怅

泛黄的贴画，灶王爷和

财神

黑夜难熬于是

埋怨蜡烛太长

一碗茶水

一晚徜徉

松树林用叶

破开漆黑的帘

野蛮的钢铁和

黑色丛林

重新扎根于无主之地

那哭泣的不被聆听

那诱惑的光亮不厌倦惊骇

人们和飞蛾

没什么两样

我们不过是在寻找

生存

荒野中的寻觅

一匹荒原狼

游猎在尘埃里

所谓苦痛不过是磨砺爪牙

我们在黑暗里奔袭

直到

点燃第一捧篝火

秋天的雨再寒冷也

无法熄灭

铭刻血脉的火

作于二零二零年二月初

昨夜路过风雪

昨夜路过风雪

途经之处是，荒凉

不知是谁带来还是

那固有的

一方沙漠，不过寥寥土堆

千里汪洋，不过深浅水洼

惆怅的不过是

自己的天地

明天

向天空要一辆车

带着我的灵魂远走

变化的改易

失去行踪

最好不为人知

睡眠

不再会有邂逅

原来是我亲手埋葬

积攒的旧日

哭泣的时光

波纹的涟漪水面

雨水滴答敲响我的窗

沉默的倒影穿越细碎的时光

如果不想从牢笼中释放

那一开始就别让

我看到外面的光

所谓期待不过是

空洞的绝望编织而成

春末花蕾全部凋零

用泪水幻化成晶莹的花瓣

昨夜路过，风雪漫天

庆幸而又悲哀

伤痛的是孤独

长久地持有原来是

我拒绝了世界

作于二零二零年十二月末

一个梦的破灭

明天，我要迎着日光
宣告，一个梦的破灭
然后去拥抱
那失却的

我痛恨我的家教
礼节
束缚我
我要永远错怪自己
来假借慰籍
可那远远不够

所有失却的
必将在岁月中得到偿还
所有歆享的
必将施加痛苦与仇恨
所谓迷梦也终究是梦
一场虚幻罢了
我是无能的帝王
虚假中的虚假

空谈不过是

锦上添花

谁会在乎

泡沫是否明亮

失却的岁月终了

枯萎的鲜花是自己凋谢

明天，我就去

对着初升的阳光

炫耀我的梦

然后亲眼见证

它像雪一样消散

我决计不会挽留

如果我有能力那就

让极地的冰雪继续冰冻

厌倦了融化就想半途而废

封存我曾经的幻想

再见了

黑色的圣诞夜

作于二零二零年十二月末

深秋来客

偶然，秋是悄然地来而

匆忙就好像

转瞬，大雁般飞走

却又一直，长存于支离破碎的梦境

是十年前的深秋

那所有真实而迷离的颠簸

竟未曾腐烂于可怖的时间

或是其他的什么摧残

那不重要！

所讴歌的不过是

那几近永恒的本质

懊悔，你，我，所有人

对旧时光中的或有痛苦

混杂着追忆，怅然

假借这情感的力量

便足以构筑

跨越时间的矮桥

让我回到一个深秋

那时我们在连香树下

畅谈理想和

西西弗斯式的

道路——那想摆脱的

连香树在校园

她有灿金的叶

是好看的心形

和着风起舞像《天鹅湖》

白色裙摆，名贵的香水、典雅的音乐

——跃然

秋天，不可避的落叶所以

她的心，绝不留恋故去

我们要欢聚在

灿金的心没入泥土前

于是我被告知又亲自了解

所谓现实的湖泊

不过是悲哀的替代赝品

只是那时，年轻的我们并不知道

惟秋天可见，银杏树有金翠双色

今夜高脚杯中

香槟，波与影

此刻的欢笑和

迷醉的缠绵、无限的期待与梦想

十年后，奔波于生活在夜晚

会在同样的酒醉后偶遇

十年前的深秋来客

作于二零二零年秋

三里庄水库的冰雪

远方的家还在等待

迷雾中的呼唤已经迫不及待

冬天的水库罕见却

无奈结冰

山崖隐藏在面纱后让我

看不亲切

冰上的鸭群不知道

有甚烦恼

我听见春天的声音

从杜鹃飞过残存冰雪的声音中

清泉流过柳树的根须

荒原中一棵孤独的树

终究承载起西山日轮

我像个孩子

走在路旁雪堆中

这是未知却又

既定的道路

伟大的工业

教我真切地讴歌那

钢铁丛林

却不能给我内心的柔软

丝毫慰藉

梦里的村庄，家乡的父老

还有那头老黄牛

眼角眼泪

教我怎么忘记

失却的方寸不过是片刻的迷惘

惆怅的飞鸟不会一直停在空中

即使我清楚

所怀念的早已内化但

仍然不忍目睹

作于二零二零年新年

游子

我怀念
游曳在坟墓的故乡
和那些被封存的

如果星光不那么吝啬
我也可以从时间里追寻
一些回忆，就像小时候
夏天的夜晚总有繁星
母亲曾说，长大要去远方
当云彩遮住了星星，
春与秋交织十八道年轮
故乡就成为远方的土地
如有可能请
找一只海鸥，或是鸽子
带走迷途的书信回到故乡
百年之后，让我随着风与海
回到故里
远方，远方
哪里是远方
哪里是我的故乡

小时候，我在故乡憧憬远方
长大后，故乡变成了远方

作于二零二一年初

落羽杉和发芽的梦

阴雨的一个下午

孤独，强迫深入现实

思想的无边深海

而你告诉我

道路是必须的

要背负着思考和痛楚才

行走在这真实的土地上

任何独立思考

在那瞬时都是假借的孤独

那超越独立概念的

造就思考的灵魂和

剥离的抽象本质

无法否认自身

深沉地爱恋这现实

思考，孤独，叔本华

可我还是要歌颂那梦

不知道薛定谔

会不会做梦

也不知道弗洛伊德

要怎么解答

只是想在秋天取出

春时你亲手播种的美好但

我好怕

梦会腐烂

在没有光的日子里

所以，我要和星辰一起等待

偶见的厚重积云

和朱红色古旧宫墙

落羽杉下

悄悄掩埋的梦

作于二零二零年十月上旬

室内玫瑰之死

冬天就快要过去了
我很期待因为
听说玫瑰要在春天
缩短一截遗憾
我很开心
于是用积雪融化的水
细心灌溉，室内的花
珍藏的期待并不知是
已经枯萎的根须所以
灌溉，加速了腐烂

就像一个故事
知晓了结局就
无所谓期待与否
我希望
雪下的慢一点
这样，我也好
相信冬天长一些
花更美一些
庆幸的悲痛

矛盾是

听不到你的言语

从前你的花，

开得美不胜收

我总以为你

会一直盛放在

某个舞台中央于是

现在，没有一张相片

一月十四日，你掉了第一片叶

我拿起刀

五月十四日，你凋零了所有花瓣

每一瓣都是鲜血的赤红

收集你的花与叶

把他们种在心脏

人们说玫瑰有尖锐的刺

可那正是你独一的芳华

我猜你一定读过叔本华所以

拥抱孤独

凋谢吧，我拿不起刀了

幻影就像风筝，注定飞走

请把梦留给我来

修两个墓冢

作于二零二零年十一月中旬

春雷

不媚艳俗的春雷

炸响在无光的夜晚

在那之后，火焰

照亮了一批灯塔

鲜为人知的深空里

她会不会偷偷哭泣

会恐惧

沉默着被人遗忘

于是

灯塔选择燃烧

用身躯证明希望

火苗掠过我的脸庞

春雷之歌又重新响彻

你是离开科林斯的

俄狄浦斯王

春雷，春雷

时间流逝掩盖不了你的光辉

恰恰是你的永恒光辉

揭露了时间的流逝

春雷，春雷

在那黑夜到来前

我等待着你

无惧风雨

火车驶过盐城北

火车穿过一片村庄和萧瑟

铁轨下的屋子在歌唱

田间小路旁有辆自行车，凤凰牌

我不知道

它在等待主人还是时间

或者是

等我

一列长长的火车驶过

带走了那辆自行车也

一同带走了我

屋子里的老人举起拐杖挥动

他的眼神被忧伤浸透

那是他的双腿走在风里

要让我代替他去远方看看

那些他不可知的

黄金和爱情

那些他曾追逐的

夕阳下的影子和

同锅炉一样

燃烧在炼钢厂里的
壮志满怀

在他祖辈所垒筑的村庄
此刻他送我远行
正如他的父辈对他所做
我知道
在我不知远近的某一天
我会回到这里
送他一程
正如他送父辈先行
他们是闪耀在江淮的日光
也是这的每一寸土地
每一株树
每一棵草
他们是螺丝钉和钢铁
搭成了离乡的铁轨

谁和乡土一分为二
抛弃思念成为心中顽疾?
谁和理想渐行渐远
变成村庄里的一间老屋?
谁和孤独相随半生
如火柴燃烧后化为尘埃?
火车驶过盐城北

我在车上
我不知道

作于二零二一年四月末

路灯下的远方

每次睡眠中醒来都是

如黄昏温和的路灯

在灯光中照亮的远方里

梦想和地基埋于土壤腐烂

星空绚丽照亮无关夜之华彩

我们长久徘徊路灯下

希冀找回旧日之春光

我知道

时间会蚕食我的灵魂

把人变成记忆中的灰烬

我也会一同化成灰

到那时才是真正的虚妄

最深沉的孤独从心底喷薄而出

吞噬无际的周遭万象

沉默是抽象的但

又像一个黑色的茧

助你实现自我封闭

在结茧之前

云端之城的过客

我是秋天第一株亲吻落叶的霞草

仲夏傍晚六点的日落

春天四月梦幻的云翳

冬天最后一瞬的极光

美好而脆弱易逝

我不知道，明天

从茧里飞出

蝴蝶或是虫豸

远方的霓虹仍在等待

我相信

我已迷失在夜的国度

白日和太阳不过是

掩饰在心底

虚伪的幻想

夜深了，炉火静悄悄

路灯又在抚慰苦痛

荒芜的城池中我会

试着寻觅月亮的踪迹

古老的木舟

我祈求你

带我去远方

画卷中描绘的世界

路灯闪烁不明

黄金和嬉笑照亮城市万千

天台上众人依次跃下

我只是躺在马路上

肆意评头论足

作于二零二一年四月

落叶

落叶终究是要归根

只是五月此时

早了一点

幸运的，在地球某一处

或许九月

树叶可以从容凋零

天空不需要流泪

因早已被黑夜统一

在树下

我们高举手中铁与火

熔铸成它回家的道路

如若离去

留下七分遗憾

两分眷恋

和欣慰

落叶如是说

那道路我已铺垫

那应行的我已尽至

自今日起

不必悲痛，不必哀悼

不必留念，不必追忆

当风吹过田野

当你醉倒在亿万稻禾中

听，那稻穗轻轻摩挲的声音

是我双手抚过人间的轨迹

作于二零二一年五月下旬

秋雨连绵的日子里

离乡的落叶

会不会想家在

秋雨连绵的日子

我不知道

一半阴沉的白日和

短暂的明光

晴午

另一半重复的白日

构成虚妄，梦与幻想

寄托泪水中可见

远方的家乡和雨中

情感——难言的愁绪

鸽子从黄昏飞来

衔住黎明的尾巴要

穿过黑色的时间

渴望树冠

那遥远的故地

熟悉的呼唤在心底响起

鸽子飞到庭院

找到了

梦里的巢——如果它有梦

鸽子长久地

呼唤在

秋雨连绵的日子里

作于二零二零年十月

一梦黄河

带着一种汹涌和奔腾你

从岁月深处款款走来

千百夜晚里的诗与梦

化作对你无声的呐喊与思量

母亲，母亲

当世界处于蒙昧之中你

从星辰沉睡的地方醒来

带来肥沃的土壤和，生命

大手一挥，泼墨出辽阔的河套平原

提笔一划，勾勒成陡峭的秦晋峡谷

你如北方的土地一般厚重

积淀下千年的历史

四渎之宗，九曲德水

母亲，母亲

你只是无言的奉献

却任儿女们恣意生长

母亲，母亲

你沉淀下，无数个纪元

泥土河水中都是，文明的火种

黄河水流淌在血脉中

给予我们心底的呼唤

母亲，母亲

你是无言的恩师

教给我们坚韧勤奋、自强不息

黄河奔腾在中华

当儿女们行走在这土地上

梦里都是黄河的模样

作于二零二一年三月

云与海

我是一朵云

流浪在黑夜的天空

向前的风是我的灵魂

沸腾着永不停息

你是一片海

潜伏在梦境的倒影

深邃蔚蓝

但在你与我之间

将铸起万里的隔阂

如同被古老的城墙围困

不得不拥抱时间

亲爱的，

你是梦的潮汐

我是风的希冀

我们相拥在一起

就变成春天里的爱

我要长久地把握一份情感所以

自然，伟大的自然

我向您祈求

春，你是永佑生命长存的神明，一年希望的开端

万物复苏的灵药

我赞叹你的无私、

讴歌你的仁爱如鸦雀知晓反哺

夏，你是执掌酷暑的神祇，灾难的一半化身

燃烧的不灭火焰

我赞叹你的伟力好叫你

用雨水惠及土地

秋，你是永佑丰收喜庆的神灵，庇护文明的塔盾

时间与泪的反馈

我无需赞叹你因为

你本就是生命的祷言

冬，你是执掌严寒的神祇，灾难的另一半化身

无光之白日

我决不会听信你毁灭的低语

如果可以重来一次

我要成为一朵云

可以肆意拥抱那片海

作于二零二一年四月

笔架山以西

城市用霓虹把黑夜

划开一道口

露出人们梦想编织的星空

这时

成为宣泄的途径

于是

我决定，从山下出发

向西去罢，眼睛轻声说

率领十三只猫

在夕阳里吵闹

祈求虔诚

穿越森林的腹部

咬住晚霞余晖一抹

走下去，走下去

走到尽头梦境里

走过明天升起的新星

拥抱雏菊花瓣

走过昨天低头的乌云

亲吻泥土和水

就像一枚奔放的子弹

穿膛而出

用火焰描绘出新的画卷

那画上应有山川林木

无尽海洋作衬

画上生灵万物

画上我的爱人

终要在雨中接吻

三百六十五天整

阳光赋予我灿烂

黑夜沉醉而糜烂

灯光如是说

于是我合上画卷

山下的风散漫

吹散了西边遐想

所谓梦想，只是世界的缩影

一场闹剧

海边的人

她说

我去寻找螃蟹和梦

于是纵身一跃

同下午的日光

殉道大海

天真而幼稚的孩提

执着于风车和高楼

逻辑的错误与否

只是泡沫色彩不同

海边的人对海底的人说

我与你守望着同一的海

这透明的隔阂与墙壁

予你我可视而不可交的路

海底的另一道光照射而来

这时，海底的人说

道路所予之中

你我互为海底

于是就无所谓

思考

作于二零二一年六月

路途

我在异国偶遇一位母亲
等待儿子回家的母亲
夏天到了
便祈祷鸽子
衔着那橄榄飞来
她会轻轻歌唱
我在路旁种下一株银松
我在港口升起一座灯塔
我在夜晚点亮一盏烛台
那迷路的人啊
要看到月光
看到银松、明灯和烛台
找到回家的路

难眠的长夜漫漫
孤独的雪花片片
流干泪水的心早已
不相信阳光
守望，孤独
沉没余生

作于二零二一年五月

马戏团之曲

谁是摘下面具的小丑

渴望寻求梦的救赎

大门为谁悄然打开

喧闹中等待他人的信赖

请求女王赐予

自由艺术的权力

我是上帝的第二双手

要替他行使

遥望明日之后

守望昨日之前

这是梦中的自由

无关寂静与否

虚假与否

再多幻影和泡沫

只不过是

徒增年华一段

小丑是孤独的

月亮是孤独的

我们志同道合

作于二零二一年年六月酒醉

暮色星辰

傍晚，太阳熄灭

我会从天穹坠落

黯淡所有色彩

黑夜高叫着

剥离我光芒

撕裂我躯壳

大海是我的坟墓

足以掩盖

所以我将在傍晚时高唱

孤独的诗篇

摩擦着嘶吼咆哮

决计不同沉默妥协

我曾见证谎言，一千个太阳

升起又落下

所幸

我不相信

海岸将近

我可能回想起，迷失的心

陪伴、孤独

爱情、失落

苦痛与欢欣

相遇和离别

闪烁与沉默

悠长而矛盾着的岁月

溶解一颗星辰的孤独

生命不过是暮色中的等待

等待

作于二零二一年六月

醉月

四月是残缺的

五月是遗失的

六月是朝阳

一眼望到尽头的

初升即死

朋友说，

取一壶酒仰天灌下

而后等待七月

不知道出于期待，或是麻木

借这浑浊酒液

就不必深究色调

黑夜是二分之一的幕布

幻象而令人陶醉

月亮是否苦恼面对

人的倾诉

时时刻刻

请让我与你共酌酒一杯

请你摘下云层面具重重

请你褪去宽容伪装层层

今夜绝不属于沉默

我是七秒记忆的鱼
月亮，月亮
每一秒都是倒影

作于二零二一年六月